DÉSYR RAVON

POËMES

CONTEMPORAINS

Gira'l cor di pensier in pensier.
PÉTRARQUE.

PARIS
LIBRAIRIE DES BIBLIOPHILES
Rue Saint-Honoré, 338

M DCCC LXXVI

POEMES CONTEMPORAINS

DU MÊME AUTEUR :

Roses noires. 1 vol. . . . . 3 fr. »
A l'Allemagne. 1 vol. . . . . » 50 c.

(*Librairie des Bibliophiles*)

DÉSYR RAVON

POËMES

CONTEMPORAINS

> Gira'l cor di pensier in pensier.
>
> PÉTRARQUE.

PARIS

LIBRAIRIE DES BIBLIOPHILES

Rue Saint-Honoré, 338

M DCCC LXXVI

LETTRE DE VICTOR HUGO

A L'AUTEUR

Je vous envoie, Monsieur, ma plus cordiale parole ; je vous remercie et je vous applaudis. Vos vers, arrivés pendant mon absence, ont subi bien des retards et ont failli se perdre. Je les ai, et je les lis. Mon émotion veut aller à vous.

Il y a à cette heure une noble légion de jeunes esprits en marche. Cet essaim de poëtes, dont vous êtes, me salue en passant et s'envole dans l'aurore. Vous êtes un de ceux qui planent le plus haut. Votre poésie est altière en même temps que douce, et j'aime en elle l'âpre accent de la liberté.

Votre ami,

VICTOR HUGO.

A A***

Vos yeux ont la clarté sereine des étoiles
Qui de la nuit profonde illuminent les cieux
Et déchirent, tendant leur arc silencieux,
De leurs flèches d'argent, les rideaux et les voiles.

Les papillons rôdeurs volent à votre bouche
Comme au calice rouge où boit le roitelet,
Et votre jeune lèvre où la pourpre brûlait
Se teint du fard léger de leur aile farouche.

Vos cheveux, subissant les morsures du peigne,
Embaument l'atmosphère ainsi qu'un grand jardin ;
Votre front, où fleurit la candeur de l'Éden,
Rougit exquisement comme un marbre qui saigne.

Les heures près de vous passent douces et brèves;
Vous êtes la jeunesse heureuse, la gaîté,
Le rire étincelant, le caprice enchanté,
La reine des chansons divines et des rêves.

L'amour a dans mon cœur, comme dans une agate,
Gravé d'un fin ciseau votre cher médaillon :
Où que j'aille, j'emporte un sourire, un rayon,
Un parfum de votre âme aimable et délicate.

Je puis impunément descendre dans la boue
De notre infâme époque, et, les laissant crier,
Terrasser les démons sous mon poing meurtrier :
Votre ombre radieuse en ma route se joue.

A VICTOR HUGO

O robuste dompteur des rhythmes ! ô soldat
Du droit imprescriptible et de l'art souverain,
Qui depuis cinquante ans combats le bon combat,
Pareil sous ton armure aux burgraves du Rhin !

Salut ! Salut, chanteur, proscrit, maudit, martyr,
Qui, laissant s'engraisser le stupide bétail
Des foules, sans repos, marches vers l'avenir
Dont à travers le temps resplendit le portail !

Maudissant le César louche, l'homme de nuit,
Le sinistre empereur aux ténébreux regards,
Nous tendons notre oreille et notre âme au long bruit
Que font sur les galets croulants les flots bavards,

Et dans le tourbillon grandissant des rumeurs
Nous écoutons rugir ou sangloter ton vers
Qui, dominant la voix des villes, les clameurs
Des champs, d'un large essor s'enfuit dans les cieux clairs.

Autour de nous errant sous l'espace profond,
Marchent pensivement les fils de ton cerveau
Qui, par la déchirure entr'ouverte au plafond,
Nous montrent l'éther vierge et le soleil nouveau :

Hernani, le bandit aimé de dona Sol,
Ruy de Sylva, vieillard farouche, cœur loyal,
Don César de Bazan, le bohème espagnol,
Ivre de clairs de lune et fou de carnaval ;

Ruy-Blas qui, revêtant sa livrée, indigné
Et triste, ouvre devant une reine aux yeux bleus
Son cœur où les douleurs de l'amour dédaigné
Pleurent comme une source en un vallon frileux ;

La pâle Marion, le rude Cardinal,
Le puritain Cromwell, le bouffon Triboulet,
Job bravant Frédéric en son burg féodal,
La Borgia cachant dans son sein un stylet :

Tous, railleurs ou plaintifs, sombres ou radieux,
Passent l'œil plein d'éclairs dans de mouvants décors,
Traînant un bruit vibrant de vers mélodieux
Comme un lointain appel de clairons et de cors.

Toi, cependant, debout sous le pesant fardeau
Du devoir, du rocher désolé de l'exil
Tu répands sur le monde, ainsi qu'un mont son eau,
Ta poésie où court un arome d'avril.

O revanches du rêve! ô fêtes de l'esprit!
Les peuples consolés s'enivrent de tes chants,
Où sous le tendre azur qui s'égaie et qui rit
On voit bleuir la mer et verdoyer les champs;

L'Océan, le farouche et fauve révolté,
Pour entendre tes vers calme ses ouragans,
Et, léchant tes deux pieds comme un tigre dompté,
Apaise les fureurs de ses flots arrogants;

Les astres, voyageurs des éthers insondés,
S'arrêtant à ta voix sur leurs orbes de feu,
Retiennent leurs chevaux, de flammes inondés,
Dont le sabot brûlant raye l'infini bleu;

La rose te sourit, l'oiseau te dit bonjour,
La forêt où le lierre habille les ormeaux
De ses arbres muets te compose une cour
Et sur ton front pensif emmêle ses rameaux;

La montagne, imprégnant de salubres odeurs
Sa verte chevelure et son manteau neigeux,
Comme une antique aïeule aux reproches grondeurs,
T'ouvre d'un geste doux ses antres orageux ;

Et la rose, l'oiseau, la montagne, les bois,
Les étoiles du ciel, les vagues de la mer,
Dans une symphonie immense, à pleine voix
Célèbrent le poëte inébranlable et fier.

O maître au large front, qui dans tes poings puissants
Tiens la cythare d'or et la lyre d'airain,
Chante ! Surprends les nids des rêves frémissants
Qui volettent le soir dans l'espace serein,

Égare-toi dans l'ombre humide des forêts !
Embrouille les cheveux embrasés des soleils,
Crible les grands vautours carnassiers de tes traits,
Sonde les profondeurs des océans vermeils.

Nous marchons souffletés par l'aquilon brutal,
Les pieds lourds de fatigue et le front lourd d'ennui,
Verse-nous largement le vin de l'idéal
Qui rosoie en ta coupe et comme un rubis luit.

Verse, et nous oublierons, o poëte sacré,
Le joug qui nous meurtrit, le serpent qui nous mord,
Et la muse essuîra sur notre front navré
Les sueurs de l'angoisse horrible et du remord.

DANS LA FOULE

Je marchais à travers les vagues de la foule,
Et de sourdes rumeurs roulant à travers l'air
Se mêlaient dans mon âme au ricanement clair
Des rêves que du pied la réalité foule.

Et la tristesse en moi montait comme une houle.
La douleur enfonçait ses flèches dans ma chair.
Le bon soleil, l'ami qui longtemps me fut cher,
Irritait la blessure où mon sang filtre et coule.

Soudain une enfant passe et me sourit. Des yeux !
Un avril à la fois timide et radieux !
Une aube de douceur, d'innocence et de grâce !

Et je vois s'envoler les brumes, et l'azur
S'ouvrir profondément devant mon âme lasse
Sous l'éclat virginal de son front jeune et pur.

MÉDAILLON

Délicatesses, fleurs des âmes aurorales,
Élégances, façons exquises et mignonnes,
Ignorantes pudeurs, piétés virginales,
Le rire des enfants, le charme des madones ;

Raphaël l'aurait peinte avec le nimbe clair,
Livrant au *Bambino* le trésor de son sein,
Sur une calme toile où, parmi l'outremer,
Nage des chérubins le fraternel essaim.

Le divin Sanzio, le sublime jeune homme,
Pour elle délaissant la brune Fornarine,
Aurait de ses baisers, dans l'éternelle Rome,
Ardemment épuisé la coupe purpurine.

Elle va cependant, ivre du jour vermeil,
De la blancheur des lis, du babil des oiseaux,
De l'ombre des grands bois tiédis par le soleil,
Du murmure des joncs plaintifs et des roseaux.

Son âme, source pure où les anges se mirent,
N'a pas encore senti les brises irritées
Remuer sous les flots qui doucement soupirent
Les sables d'or baignés de flammes argentées.

Heureux qui cueillera, sous les cieux apaisés,
Les végétations mystiques des graviers
Et désaltérera ses désirs embrasés
Dans la fontaine chère aux esprits familiers.

LES POËTES ANTIQUES

Les poëtes latins, sur la lyre d'ivoire,
Chantaient les lits joyeux, la douceur des baisers,
Le feu des vins, les seins par l'ivresse rosés,
Et près du Tibre jaune, aux flots d'or et de moire,

Bravant les poings sanglants et lourds de la Victoire,
Dans les jardins ombreux, sous les cieux apaisés,
Ils vivaient, souriant aux désirs embrasés,
Près d'une esclave grecque à chevelure noire.

Mais nous, enfants maudits d'un siècle meurtrier,
Écoutant dans la nuit appeler et crier
Les peuples qu'on égorge et les cités qu'on brûle,

Nous ignorons la joie et le loisir serein,
Et notre chant d'amour meurt dans le crépuscule
Sous le rugissement des grands canons d'airain.

A SULLY-PRUDHOMME

O poëte, tu sais que dans le ciel du rêve,
S'enivrant des blancheurs que le vulgaire fuit,
La muse entend monter les rages et le bruit
Que son calme regard incessamment soulève.

Tu sais que la science analyse la séve,
Dissèque le cerveau, pèse l'astre qui fuit,
Sans pouvoir de sa torche illuminer la nuit
Où les destins muets forgent nos fers sans trêve.

Tu sais qu'obéissant aux instincts familiers,
Les peuples délivrés reprennent leurs colliers,
Et que, pour faire choix des races, la nature

Laisse courir la guerre à travers les vivants :
C'est pourquoi, souriant à l'aurore future,
Tu chantes la douceur des songes décevants.

RONDEL

Elle fleurit ainsi qu'un lis
Dans une ombre amoureuse et fraîche.
Sa joue a des rougeurs de pêche;
Ses doigts sont blancs, longs et pâlis.

En nos temps où les cœurs salis
S'ouvrent à l'envie âpre et sèche,
Elle fleurit ainsi qu'un lis
Dans une ombre amoureuse et fraîche.

O bras ivoirins et polis !
Regards dont la candeur allèche
Et prend le cœur le plus revêche !

Sourires de lumière emplis !
Elle fleurit ainsi qu'un lis
Dans une ombre amoureuse et fraîche.

L'ÉTERNEL AVRIL

Un éternel soleil rayonne sous mon crâne.
Que me font les jours gris et boueux des hivers !
Dans mon cœur des avrils idéalement verts
Déroulent leurs gazons où court l'eau diaphane.
Un éternel soleil rayonne sous mon crâne.

Le vent peut de son fouet tourmenter les halliers,
La pluie, en murmurant, ruisseler sur ma vitre,
Le pic, dressé là-bas, se coiffer de la mitre
Que lui brode nivôse en ses noirs ateliers ;
Le vent peut de son fouet tourmenter les halliers.

Je laisserai gronder et crever les nuées,
Étinceler le givre et gémir les forêts :
Je sais une île ombreuse où, sur les graviers frais,
Une chaude vapeur fait onder ses buées.
Je laisserai gronder et crever les nuées.

J'oublîrai le charbon roulant sur les cités,
Le ciel blanc traversé par de longs vols de grues,
Et le rugissement des rivières accrues
Troublant seul le repos des guérets désertés...
J'oublîrai le charbon roulant sur les cités.

Et, près du feu tapi, je bénirai les fées
Qui jadis ont caché dans mon berceau doré
La baguette enchantée et le miroir sacré
Dont sous les chênes grecs se servaient les Orphées.
Et, près du feu tapi, je bénirai les fées.

BIONDA

Elle a le charme adorable des blondes.
Aux coins pourprés de sa bouche qui rit
Comme une flamme étincelle l'esprit.
Ses fins cheveux se déroulent en ondes

D'un rhythme lent comme les eaux profondes.
Ses yeux aimés, ses yeux chers où fleurit
Ainsi qu'un lis le rêve qui proscrit
Le réel triste et les laideurs immondes,

Au temps lointain du grand aïeul Ronsard,
Dans un sonnet, fleur exquise de l'art,
Auraient versé leurs lumières bénies.

Le rhythme doux et troublant de sa voix
Émeut mon cœur et l'emplit d'harmonies,
Comme le chant des oiseaux dans les bois.

LES SOLEILS BLEUS.

Ses yeux sont deux soleils, deux soleils langoureux,
Qui vont versant, au lieu de chaleur et de flamme,
Les rêves que mange mon âme,
Les rêves au parfum puissant et savoureux.

Nuancés comme l'eau de teintes délicates,
Ils me rappellent par leurs limpides fraîcheurs
Les aubes aux calmes blancheurs,
Les matins dont l'azur imite les agates.

Mon âme en eux se mire ainsi que dans les lacs,
Les grands lacs de la Chine, heureuse et singulière,
Où dans la forêt familière
On suspend aux figuiers la toile des hamacs ;

Et comme le pêcheur au chant des hoche-queues
S'enfonce dans le fleuve où l'ondine sourit,
Pour s'y rafraîchir mon esprit
Se plonge lentement dans leurs profondeurs bleues.

LES BIJOUX CÉLESTES

PANTOUM

Le dôme des cieux clairement chatoie :
Rubis, diamants, turquoises, saphirs.
O mon cher amour, mon rêve et ma joie,
Le nid de tes seins rit à mes désirs.

Rubis, diamants, turquoises, saphirs,
Profusion d'or et de pierreries !
Le nid de tes seins rit à mes désirs
Comme aux papillons les roses fleuries.

Profusion d'or et de pierreries!
L'ouvrier divin a tout à foison.
Comme aux papillons les roses fleuries,
A leur jeune essor s'ouvre ta maison.

L'ouvrier divin a tout à foison,
Son ciseau d'acier sans cesse travaille.
A leur jeune essor s'ouvre ta maison :
Ils entrent, heurtant plafond et muraille.

Son ciseau d'acier sans cesse travaille.
O scintillement des sacrés bijoux!
Ils entrent, heurtant plafond et muraille,
Avec des chansons et des rires fous.

O scintillement des sacrés bijoux!
Colliers, bracelets, bagues, pendeloques.
Avec des chansons et des rires fous
Ils vont au combat où tu les provoques.

Colliers, bracelets, bagues, pendeloques,
C'est l'écrin lointain et sans prix du ciel.
Ils vont au combat où tu les provoques,
Et de tes baisers ils boivent le miel.

C'est l'écrin lointain et sans prix du ciel
Qui nous verse ces lueurs opalines;
Et de tes baisers ils boivent le miel
Avec des façons tendres et câlines.

Qui nous verse ces lueurs opalines?
Qui fait flamboyer l'azur infini?
Avec des façons tendres et câlines
Dans ta gorge blanche ils se font un nid.

Qui fait flamboyer l'azur infini?
C'est le grand soleil pâmé dans la joie.
Dans ta gorge blanche ils se font un nid.
Le dôme des cieux clairement chatoie.

3.

RONDEL

*A A****

Vos mains délicates et blanches
Ont pris mon cœur comme un oiseau
Qu'enveloppe d'un fin réseau
L'oiseleur caché sous les branches.

Pendant que vos yeux de pervenches
Éblouissaient maint damoiseau,
Vos mains délicates et blanches
Ont pris mon cœur comme un oiseau.

Je veux, laissant les roses franches
Qui parfument le renouveau,
Faire des fleurs de mon cerveau

Une ceinture pour vos hanches.
Vos mains délicates et blanches
Ont pris mon cœur comme un oiseau.

LE HAMAC

DEBOUT, mes chansons, debout, c'est l'aurore :
Sortez de vos lits.
Laissez pour le bois ombreux et sonore
L'alcôve des lis.

De vos longs cheveux emmêlez les chaînes,
Faites un hamac
Que vous suspendrez aux branches des chênes,
Là-bas, près du lac.

Et dans ses réseaux, onduleuses toiles,
Posez doucement
La chère mignonne aux yeux pleins d'étoiles
Comme un firmament.

Froissant le velours humide des mousses
De vos pieds nacrés,
Cependant qu'avec des paroles douces
Vous la bercerez,

Épris des rougeurs du rosier farouche
Et du bleu des cieux,
Je comparerai la rose à sa bouche,
L'azur à ses yeux.

LE RENDEZ-VOUS

Ayant d'un peu de kh'ol avivé tes yeux las,
Par un doux soir d'avril tu viendras, bien-aimée,
Traînant sur l'herbe humide une robe lamée
Et mêlant ton parfum à l'odeur des lilas.

Le vent agitera comme des falbalas
Les jeunes floraisons de la haie embaumée.
Ayant d'un peu de kh'ol avivé tes yeux las,
Par un doux soir d'avril tu viendras, bien-aimée.

Le murmure des nids emplira la ramée,
Les arbres fraternels, en habits de galas,
Sous leur ombre indulgente abriteront tes pas;

L'églantine envîra ta rougeur enflammée.
Ayant d'un peu de kh'ol avivé tes yeux las,
Par un doux soir d'avril tu viendras, bien-aimée.

MATINÉE D'AVRIL

Les papillons de citron pâle,
Ivres d'air et de liberté,
Tourbillonnent dans la clarté
Cependant qu'auprès de la pale
De l'écluse les lavandières
Vont sautillant parmi les pierres.

Le narcisse et la primevère,
Jaillissant de leurs frais abris,
Regardent fleurir les iris;
La campanule tend son verre,
Où tremble la rosée en perles,
A la soif peureuse des merles.

4

Turbulents comme des poëtes,
Dans les branchages attiédis
Des frênes, de mousse verdis,
Rouges-gorges, verdiers, fauvettes,
Récitent des vers à l'agace
Qui sautille et sans fin jacasse.

Une odeur de jeunes feuillages
Et de séve nage dans l'air;
La rivière, de son flot clair
Caressant les flottants herbages,
D'une molle ceinture entoure
L'île que l'Avril enamoure.

WATTEAU

C'EST un blanc palais finement sculpté :
Exquises beautés et galants illustres
Sous les plafonds bleus d'où pendent des lustres
Vont tourbillonnant parmi la clarté.

D'autres, savourant le soir enchanté,
S'accoudent au fer ouvré des balustres ;
D'autres, s'égarant loin des yeux des rustres,
Voguent sur les flots du lac argenté :

Et la barque, où rit l'essaim des divines
Parmi les satins et les mousselines,
Épand des parfums comme un grand jardin,

Tandis que dans l'île où flambent les roses,
Vénus, dont les dieux craignent le dédain,
Hâte du regard les rameurs moroses.

LA BAIE

Le nénuphar, sortant des vases réchauffées,
Sur la calme rivière aux plaintes étouffées
Étale largement près d'un faisceau d'iris
Sa feuille glauque, où court la libellule bleue;
Sur l'écluse, à côté, sautille un hoche-queue
Qui va de pierre en pierre avec de petits cris.

Dans les frênes noueux la vigne de Judée
Grimpe et, par le soleil de chaleur inondée,
Renverse vers le sol ses thyrses violets;
Les arbres, emmêlant sur le canal leurs branches,
Laissent par mille trous filtrer des lueurs blanches
Qui tachent l'eau tranquille avec leurs clairs reflets.

De bouquets de bouleaux et de vergnes couverte,
Une île auprès surgit, fraîche, charmante et verte.
La rivière l'entoure avec ses souples bras.
Nul bruit : les papillons dorment sur les foins grêles,
Et, lasses de gémir, les grises tourterelles
Ont fui vers les hauts blés qui blondissent là-bas.

LA CLAIRE SOIRÉE

Le ciel clair est moiré de vert pâle et de rose;
Le soleil, empourprant l'horizon pâlissant,
Emplit l'immense azur de son apothéose,
Comme un guerrier vainqueur et tout couvert de sang

Par moments, sur les eaux vaguement embrumées,
Un bateau haletant chargé de voyageurs
Passe et vomit dans l'air un chaos de fumées
Qui, traînant après lui, se teignent de rougeurs.

A travers la cité les foules fatiguées
Se hâtant vers la paix du toit et du foyer
A la douceur du soir mêlent leurs rumeurs gaies;
On voit les martinets dans l'azur tournoyer.

Le jour meurt; les splendeurs de sa calme agonie
Par de lents changements s'éteignent dans le noir.
Voici la grande Nuit, maternelle et bénie,
Qui des cœurs ulcérés endort le désespoir.

A VICTOR BILLAUD

SUR SON LIVRE *Les Brises santones*

C'EST le poëme exquis et tendre de l'Avril :
La rivière y serpente avec de longs murmures,
Tandis que les oiseaux, cachés dans les ramures,
Mêlent à sa chanson leur rire et leur babil.

Un arome de séve enchante l'air subtil,
Les fleurs, à la rosée ouvrant leurs coupes pures,
Tachent de pourpre et d'or la pâleur des verdures
Et d'un clair diamant couronnent leur pistil.

Une lumière blonde arrose les feuillages
Et baigne l'éclat jaune et frais des populages
Dans l'île où les pinsons parlent aux geais moqueurs,

Et là-bas, oubliant la vieillesse morose,
Unissant d'un baiser leurs lèvres et leurs cœurs,
Les jeunes amoureux marchent sous le ciel rose.

SOLEIL DE JUIN

Sous le soleil de juin les fleurs rêvent pâmées
Comme des amoureux sous le désir puissant :
Fleurs de neige, fleurs d'or, fleurs d'azur, fleurs de sang,
Toutes sentent frémir leurs lèvres enflammées.

L'églantine parmi les viornes charmées
Cache pudiquement son doux front rougissant.
Sous le soleil de juin les fleurs rêvent pâmées
Comme des amoureux sous le désir puissant.

Les parfums, s'envolant ainsi que des fumées,
Tachent de leurs vapeurs l'azur incandescent;
L'air brûle, et sur les flots du froment jaunissant

Volent des papillons, les ailes allumées.
Sous le soleil de juin les fleurs rêvent pâmées
Comme des amoureux sous le désir puissant.

A THÉODORE DE BANVILLE

Rallumant les splendeurs charmantes des féeries,
A travers les détours d'un décor enchanté,
Comme un magicien au bâton respecté,
Tu sèmes sur tes pas l'or et les pierreries.

Les nymphes, entr'ouvrant les ramures fleuries,
T'accueillent d'un sourire en leur bois déserté,
Et les roses, malgré le siècle révolté,
Parfument les pieds blancs de tes odes meurtries.

Laissant japper les sots et rugir les pédants,
Tu suis, sous un chaos de nuages grondants,
Les dieux vaincus qu'un peuple ivre de rage insulte,

Et, jetant sur leur dos la pourpre aux reflets clairs,
Tu chantes, cependant qu'en un joyeux tumulte
Les oiseaux amoureux se récitent tes vers.

A JOSÉPHIN SOULARY

Dans ce mystérieux et tranquille atelier
Étincellent, rangés en d'élégantes cases
Ou posés sur le bois des étagères, vases,
Anneaux et médaillons que supporte un collier.

Des pastels langoureux au regard singulier,
Portant à leurs longs doigts rubis et chrysoprases,
D'une voix musicale y murmurent des phrases
Qui rendent aux cœurs las leur rêve familier.

Statuettes d'argent et d'or, buires d'agate,
Cassolettes d'émail où l'odeur délicate
Des roses se concentre en larmes à dessein,

Coupes dont le contour exquis a pour modèle
La rondeur adorable et blanche d'un beau sein :
C'est ton œuvre, poëte aux clairs sonnets fidèle.

A ÉDOUARD ARNOULT

Vous demandez, ami, que ma muse sévère
Chante les longs sommeils sous les grands chênes sourds,
Et rallume l'aurore heureuse des amours
En couronnant de fleurs ses cheveux et son verre.

Non! Quand l'humanité, gravissant le calvaire,
Saigne sous le gibet aux angles durs et lourds;
Quand les rois, imitant les lions et les ours,
Égorgent l'avenir au fond de leur repaire;

Quand les prêtres, versant l'injure et le poison,
Font boire leur calice infâme à la raison
Et dans leur morne église étranglent la justice,

Je ne me souviens plus du rêve matinal
Et du ciel rose où plane en riant le caprice,
Et, laissant là Flaccus, j'invoque Juvénal.

L'AMENDE HONORABLE

La salle est effrayante et la nuit est farouche ;
Des rideaux de velours descendent du plafond,
Et, sous les rayons blancs des lampes jaunes, vont
Projetant leur reflet rouge comme une bouche.

Avec l'humilité d'un vieux chien qui se couche
Aux pieds d'un maître dur, un vieillard au grand front
Se traîne, frissonnant sous la peur et l'affront,
Devant l'inquisiteur dont la mule le touche.

Des moines, la cagoule au dos, un cierge en main,
Regardent, triomphants dans leur orgueil romain,
L'impie agenouillé sur le marbre des dalles.

Tandis que dans la paix des espaces vermeils,
Comme un troupeau de bœufs sous les verges brutales,
Hurle et mugit le peuple indigné des soleils.

SUR LE BUCHER

QUAND Giordano Bruno, sur le bûcher monté,
Vit autour de son front frissonner les fumées,
Et le crépitement des branches allumées
De tremblantes lueurs empourprer la cité,

Calme et serein parmi tout ce peuple irrité,
Plein de poings furieux et de voix enflammées,
Il étouffa le cri de ses chairs opprimées
Et tendit ses deux mains vers le ciel attesté :

« Jésus, par qui je meurs, crucifié sublime,
Par quel changement, toi, l'éternelle victime,
Es-tu donc devenu le Dieu buveur de sang ?

Tu peux de ton gibet sourire à mon supplice ;
Il approche le jour où l'homme grandissant
Remplacera les dieux par l'auguste justice. »

A GARIBALDI

O vaillant, portant haut ton front et ton épée,
Debout sous le destin et sous les ans chenus,
A travers les splendeurs de ta fière épopée
Tu marches calme et fort ainsi qu'Éviradnus.

Lorsque sonna pour nous l'heure de la souffrance,
Quand du fond de leurs bois les Germains s'élançant,
Prirent traîtreusement à la gorge la France,
Tu vins nous apporter ton exemple et ton sang.

Oubliant la vieillesse et l'hiver et la neige,
Et la mort qui fauchait ainsi qu'un moissonneur,
Tu surgis dans la lutte, amenant pour cortége
Le dévoûment, la foi, la patrie et l'honneur.

Les trahisons donnaient la main aux couardises.
On livrait les cités, les canons, les soldats.
Tu vins et tu crias : « Vers les terres promises,
O peuple! vers les fruits qui mûrissent là-bas,

« Ne dois-tu pas guider les nations trompées?
Lève-toi! Ne prends pas ton histoire en oubli.
Debout! cours aux fusils; debout! cours aux épées;
Retrouve sous les deuils ton cœur enseveli.

« Le passé monstrueux s'échappe de sa tombe,
Le donjon féodal surgit sur le coteau,
Et Guillaume, du droit du sabre et de la bombe,
Dans la pourpre d'Otton se découpe un manteau.

« O France, qui brisas ainsi que des vaisselles
Bastilles et carcans, dogmes et royautés,
Et du rayonnement de tes calmes prunelles
Illuminas la nuit où vivaient les cités,

« Écoute au loin rugir la grande *Marseillaise!*
Souviens-toi de Marceau, de Hoche et de Kléber!
Et, la crinière au vent, comme en quatre-vingt-treize,
Meurtris ce tas de rois sous ton talon de fer. »

Vains efforts et vains cris! Ces repus, ces bravaches,
Ces Français qui suivaient un blême aventurier,
Éblouis par le bruit, les ors et les panaches,
Ne surent que trembler, sangloter et prier.

Oh! nous tous les amants austères de l'idée,
Nous les soldats du droit, qu'on frappe et qu'on proscrit;
Nous qui chantons la terre immense fécondée
Par les pleurs de Socrate et par le sang du Christ,

Et qui, devançant l'âge effrayant où nous sommes,
Avec les yeux du songe, à travers l'avenir
Voyons dans la lumière et dans l'azur les hommes,
De leurs fers délivrés, s'embrasser et s'unir,

Nous nous rappellerons tes généreux services,
Et souvent, las de voir s'étaler sous les cieux
Et pulluler sans fin les Césars et les vices,
Nous interrogerons ton front silencieux.

Tu nous consoleras dans nos longues épreuves ;
Tu nous raffermiras dans nos rudes chemins ;
A travers les forêts, les brumes et les fleuves,
Quand nous chancellerons, tu nous tendras les mains.

Et, dédaignant le cri des épouvantes vaines,
Le cœur gonflé d'ardeurs et de rébellions,
Nous combattrons, versant le sang pur de nos veines
Pour guérir ce temps noir de ses corruptions.

LA FRANCE BLESSÉE

Dans le sang et la boue elle gît, froide et pâle ;
Son front, qui rayonnait comme une large opale,
A la lividité d'un cadavre, et ses yeux,
Qui répandaient, pareils à deux soleils joyeux,
Sur les peuples meurtris par le joug et la chaîne
La force, la chaleur et la clarté sereine,
Ses yeux resplendissants sont des gouffres de nuit.
Au loin, heureux de voir le passé reconstruit,

Tournent dans l'air du soir de grands oiseaux rapaces :
Aigles dont le bec dur crève les carapaces,
Vautours dont l'ongle troue et déchire la chair,
Cathartes à l'œil faux, condors au regard fier,
Pygargues, freux, milans, cresserelles, chouettes,
Rôdeurs des flots marins, goëlands et mouettes,
Et leur nuée épaisse assombrit l'horizon.
Comme des chiens hurlant au seuil d'une maison,
Ils poussent par moments de longs gloussements rauques,
Et, maigres, affamés, du feu dans leurs yeux glauques,
Par bandes, par tribus, par foules, par milliers,
Des grèves, des rochers, des sables, des halliers,
Ils accourent, claquant du bec, dressant leurs plumes.
La blessée, à travers un ondoiement de brumes
Regardant s'assembler les funèbres oiseaux,
Voit s'allonger, tout prêts à lui briser les os,
Les ongles acharnés et les rostres avides.
Un rapide frisson court dans ses chairs livides.
D'un effort douloureux et d'un mouvement lent,

Elle ramasse alors sur le terrain sanglant
Et serre dans son poing le tronçon d'une épée,
Et, d'un manteau criblé de mitraille drapée,
Résolue, indignée, auguste, elle surgit
Sous le ciel inclément que le couchant rougit,
Invoquant dans son cœur les victoires fidèles,
Et les fauves essaims partent à tire d'ailes.

THOR

Thor, le dieu monstrueux des forêts germaniques,
De son manteau de fer s'est armé de nouveau,
Et, s'enivrant de sang, comme le sable d'eau,
Il brise sous ses chocs les nations antiques.

Relevant, abaissant ses deux poings athlétiques,
Gonflant et raidissant ses muscles de taureau,
Il entasse les morts de la plaine au coteau
Pour les maigres vautours et les loups faméliques.

Les peuples effrayés beuglent à l'horizon,
Et l'animalité sauvage du blason
De rage et d'épouvante ulule à son approche.

Songeant à la revanche infaillible du sort,
Seul le lion français, vaincu mais sans reproche,
Regarde fixement le marteau du dieu Thor.

LA REVANCHE

I

O jours d'abaissement, de larmes et de honte!
O châtiment des lâchetés!
Les canons monstrueux, de leurs obus de fonte,
Éventrent nos toits achetés.

Les chevaux des Germains hennissent dans nos villes.
Paris, saignant, pâle, affamé,
A subi l'ironie et les morsures viles
D'Attila de rage enflammé.

Les soldats au poil roux, las des longues orgies,
De nos drapeaux se font des lits,
Et de leurs lourdes mains dans les meurtres rougies
Frappent au visage Austerlitz.

La France qui, menant les peuples vers l'aurore,
Redressait les cœurs et les fronts,
Et dans la sombre nuit jetait un cri sonore
Par la bouche de ses clairons,

Aujourd'hui, sous la pluie atroce des mitrailles,
Sous la tempête des boulets
Renversée et perdant son sang et ses entrailles,
Le sein meurtri, les bras foulés,

Voit les vautours, venus des forêts et des havres,
S'abattre parmi ses froments,
Et de ses fils tombés déchirer les cadavres
Avec de rauques gloussements.

II

Et, là-bas, de boissons et de viande alourdie,
La poche pleine et le sac plein,
Le regard empourpré de reflets d'incendie,
La Prusse rit d'un air câlin,

Et retourne à pas lents, parmi ses sables blêmes,
Au choc des brocs et des rœmers,
Cueillir dans la forêt obscure des systèmes
Les fruits maudits, les fruits amers,

Chancelante, emportant sur son épaule large,
Comme en l'abattoir les bouchers,
Deux grands lambeaux de chair, rouge et vivante charge,
Au flanc de la France arrachés.

III

On l'entend murmurer : « J'ai sous mon poing qui saigne
Écrasé les rébellions.
Moltke a violé Metz la Pucelle ; je règne
Dans la caverne des lions.

J'ai vaincu, comme Hermann, les légions latines.
J'ai terrassé ce peuple fier,
Qui de l'antique Louve a mordu les tetines
Comme un nourrisson tendre et cher.

Qu'il rampe désormais en sa faiblesse veule !
Qu'il habite dans le passé
Avèc sa sœur Athène et Rome son aïeule,
Comme un spectre au front effacé !

Et mes fils que la mort frémissante accompagne
A travers leurs sanglants travaux,
Quand ils font résonner la plaine et la montagne
Sous les sabots de leurs chevaux ;

Mes fils qu'un rude instinct comme un aimant attire
Parmi les immolations,
Entassant pour fonder leur formidable empire
Les cadavres des nations,

Empliront l'univers d'une telle épouvante
Qu'on entendra dans le tombeau
Alarik s'écrier : « Ma gloire est leur servante ! »
Et Gengis-Khan grincer : « C'est beau ! »

IV

Oui, c'en est fait, la France impériale est morte.
La France qui vous bafouait,
Souriant à César dont la main lâche et forte
Faisait claquer sur elle un fouet ;

La France fanfaronne, abêtie et bourgeoise,
Qui sous les pieds des meurtriers
Jetait l'orgueil latin et la fierté gauloise;
La France des aventuriers,

Qui, le front sans pensée et le regard sans flamme,
Laissait s'entasser les forfaits,
Et lasse se couchait sur sa litière infâme
Parmi les peuples stupéfaits;

Celle qui torturant l'éternelle nature
Faisait monter incessamment
L'odeur de la mangeaille et de la pourriture
Vers la blancheur du firmament;

Oui, celle-là, Prussiens, oui, vous l'avez tuée,
Au long bruit d'un hurrah strident;
Elle a pour tombe, ainsi qu'une prostituée,
La boue infâme de Sedan.

Le ver victorieux la mange et la travaille.
Vers elle volent les oiseaux;
Les loups gris, accourus sur le champ de bataille,
Dans ses flancs plongent leurs museaux.

V

Mais nous les jeunes gens, pleins d'espoir et de vie,
Les cœurs vaillants, les esprits fiers,
Nous qui bravons, luttant pour la plèbe asservie,
Les ouragans et les éclairs,

Laissant hurler d'effroi les repus et les lâches
Dans leur bauge et dans leur chenil,
Nous nous attellerons à nos immenses tâches
D'un bras fort et d'un front viril.

Oui, Borusses, Germains, Vendes, Teutons, Barbares,
Nous secouerons notre torpeur,
Et, brisant les verrous des cachots et les barres,
Nous nous redresserons sans peur.

Et lorsque Germinal fleurira dans les haies,
Lorsque de ses baumes aimés
Le temps aura fermé les maternelles plaies,
Pour la juste revanche armés,

Nous ferons flamboyer la fourmillante fête
Des piques, et nous laverons
Dans les vagues du Rhin reconquis la défaite,
Les souffrances et les affronts.

Alors, ayant brisé de nos mains indignées
La chaîne qui lie au poteau
Strasbourg et Metz, de sang et de larmes baignées,
Le flanc ouvert par le couteau,

Nous jetterons le sac qui chargeait nos épaules,
Nous déposerons les fusils,
Et, ceignant des rameaux des grands chênes des Gaules
Nos fronts par la muse choisis,

O triomphe ! A travers les chansons éclatantes,
Les folles rumeurs des tambours,
Les claquements joyeux des bannières flottantes,
Les acclamations des bourgs,

Maîtrisant le cheval furieux de la guerre,
Qui se cabre dans la clarté,
Nous vous apporterons, comme Marceau naguère,
La justice et la liberté.

LA FRANCE IMPÉRIALE

Évanouissement rapide de la gloire!
Nation devant qui s'agenouillait l'histoire,
Et dont le temps vorace engloutit le passé!
Civilisation comme un fruit mûr pourrie!
Croulement d'une race épuisée et flétrie
Dans l'abîme morne et glacé!

Après la Rome infâme où vivaient pêle-mêle,
Pendus à sa puissante et farouche mamelle,
Où grognaient, glapissaient, rugissaient, miaulaient
Tous les monstres mortels, des Césars aux eunuques,
Cependant qu'abaissant leurs âmes et leurs nuques,
Les peuples de joie ululaient;

Après le fumier gras et sanglant de l'Empire,
Où fleurissait le meurtre, où poussait le martyre,
Où, tordant et nouant leurs vivaces rameaux,
Sous la pâle lueur du dernier crépuscule,
La luxure gourmande et la peur ridicule
Se dressaient comme des ormeaux;

Après le lourd bétail des multitudes lâches,
Comme des ouvriers qui courent à leurs tâches,
Se ruant vers la honte et l'avilissement;
Après les siècles noirs que Juvénal visite
Et de son âpre fouet déchire, et que Tacite
Marque au front de son fer fumant,

Voilà que, ranimant le césarisme énorme,
La corruption sale, affreuse et multiforme,
Gronde comme une cuve où bouillonne le vin;
Déroule ses vapeurs comme d'immenses toiles,
Et dérobe à nos yeux la blancheur des étoiles
Qui tachetaient l'azur divin.

Les vices qui peuplaient la terre impériale
Et faisaient grimacer leur face bestiale,
Impuissance, débauche, ennui, férocité,
Parasites joyeux, ribotent sous nos crânes,
Mêlant leur chanson rauque et leurs rires profanes
Aux râles de la liberté.

Quand par les carrefours l'ombre s'entasse, l'homme
Rôde, ayant dans son poing la torche de Sodome;
Aux rêves de Lesbos la femme ouvre son lit.
Le prêtre, comme au chien qui veut briser sa chaîne,
Met un collier de fer à la raison humaine :
L'honneur antique est aboli.

Les soldats, dévoués à quiconque les paie,
De la patrie en sang agrandissent la plaie
Et meurtrissent son sein sous leurs rudes talons,
Tandis que de nos bois rongeant les feuilles rares,
Comme au temps d'Alarik, les chevaux des barbares
Poussent des hennissements longs.

MELANCHOLIA

La Force monstrueuse a terrassé l'Idée.
Cherchant dans le ciel noir les matins blanchissants,
La vieille humanité, vainement fécondée,
Porte en ses flancs meurtris des enfants impuissants.

Les appétits malsains montent comme les houles.
Partout le rire amer et la dérision !
O fleuve de mon temps, dans tous tes flots tu roules
La haine, le dégoût et la corruption !

Dans les joyeux palais et dans les sombres bouges
Se pavanent, démons maquillés et lavés,
Les débauches, ouvrant leurs bras larges et rouges
Pour serrer sur leur cœur les mortels énervés.

Les rois ont la police, et les peuples l'émeute.
A l'aveugle boulet répond le pavé sourd.
La foule, sous le sabre, immense et rude meute,
Se disperse à travers le sinistre faubourg.

La guerre, qui mugit au milieu des batailles
Et s'enivre des chants farouches des clairons,
Des drapeaux, des tambours, des obus, des mitrailles
Et des chocs furieux des pesants escadrons ;

La guerre, dont les mains de sang sont toujours teintes,
La féroce lutteuse, aux poings jamais lassés,
Que les peuples défunts et les races éteintes
Maudissent dans la nuit de leurs tombeaux glacés,

Aux acclamations stupides de l'Europe,
Défiant les éclairs, les foudres et les vents,
Au dos de son cheval, qui se cabre et galope,
Passe, foulant aux pieds le troupeau des vivants.

Les poëtes sacrés, prêtres de l'art auguste,
Les fronts pleins de pensers et les yeux pleins d'éclairs,
Illuminent en vain de la clarté du juste
Leurs rhythmes ciselés comme des flacons clairs;

Et vainement ils font parmi les multitudes
De leur cœur déchiré jaillir et ruisseler
Un breuvage vermeil qui calme les soifs rudes :
Le peuple indifférent les laisse s'exiler !

C'est l'or, l'or souverain, qui gouverne le monde!
Vers lui vont tous les yeux, vers lui vont tous les cœurs;
Il traîne dans les plis de sa tunique blonde
Serments, devoirs, vertus, amours, pardons, rancœurs.

De sa clef enchantée, à nos désirs farouches,
Il ouvre les tombeaux, les temples et les lits,
Et, pâle corrupteur, boit sur vos pâles bouches,
O vierges! le doux vin de vos baisers cueillis!

O poëtes divins! ô lèvres inspirées!
O fronts auréolés d'astres mystérieux!
Chanteurs qui retenez dans vos mains enfiévrées
Les papillons du songe et les oiseaux des cieux!

Allez, loin des cités et loin des multitudes,
Dans quelque vallon creux à des coteaux mêlé,
Dialoguer avec l'esprit des solitudes,
Qui dort nonchalamment le front d'ombre voilé.

Vous verrez le travail secret de la nature,
L'élaboration des baumes forestiers,
L'ondoyante moisson qui frissonne et murmure
En déroulant le flot des épis nourriciers;

Vous verrez les troupeaux aux regards lents et vagues,
Anes, bœufs tachetés, vaches rousses, chevaux,
Nager à plein poitrail dans les mouvantes vagues
Des herbes, et ronger les jeunes arbrisseaux;

Et, mollement couchés sur des tapis de mousse,
Dans la verte clairière, au bord des étangs frais,
Vous boirez comme un vin la paix féconde et douce
Qui tombe avec lenteur du dôme des forêts.

A L'ÉTERNELLE

QUAND donc resplendira ton glaive,
O Déesse des temps nouveaux,
O Justice? Dans leurs travaux,
Les hommes t'invoquent sans trêve.

Pour leur verser ta forte séve,
Pour illuminer leurs cerveaux,
Quand donc resplendira ton glaive,
O Déesse des temps nouveaux?

La Muse en vain dans la nuit rêve;
Les spectres, sortis des caveaux,
Foulent aux pieds de leurs chevaux
La moisson future qui lève.
Quand donc resplendira ton glaive,
O Déesse des temps nouveaux?

APRÈS LA DÉFAITE

France, le formidable et vorace troupeau,
Capitans, hobereaux et prêtres,
S'agite, vit, ripaille et grouille sur ta peau
Comme au temps lointain des ancêtres.

Après la lutte horrible et la défaite, hélas!
Quand ils ont vu saigner tes plaies,
Et que tu sommeillais d'un air débile et las
Comme un torturé sur les claies,

Assourdissant leurs pas et cachant leurs desseins,
Ils ont rampé vers toi dans l'ombre,
Et nous avons en vain fait rugir les tocsins
Pour dénoncer leur marche sombre.

O France qui versais dans les cœurs soucieux
Les clémences et les concordes,
Ils ont scellé ta bouche, ils ont bandé tes yeux,
Ils t'ont liée avec leurs cordes !

Et, bravant le regard redoutable des morts
Et les tonnerres de la nue,
Ils se sont installés, sans peur et sans remords,
Sur ta croupe sanglante et nue.

Maintenant on entend résonner leur talon
Sur ta chair vivante et meurtrie,
Comme sur un chemin le piétinement long
Et sourd d'une cavalerie,

Pendant qu'à travers l'ombre humide de la nuit,
Sous le rideau des brumes noires,
S'épandent les odeurs de l'orgie et le bruit
Monotone de leurs mâchoires.

O spectacle où l'affreux au grotesque est mêlé!
Farce risible et monstrueuse!
Après avoir plané dans l'azur constellé,
Dormir dans la mare boueuse!

Après avoir porté les grands audacieux
Qui rayonnaient comme des phares
Et tentaient l'escalade effrayante des cieux
En remplissant l'air de fanfares,

O déshonneur! subir le frein et le bâton
De ces nains et de ces fantoches!
Entendre bégayer où rugissait Danton
Un tas de séniles caboches!

O sombre abaissement ! la lionne au chenil !
La victorieuse à la chaîne !
Lilliput terrasser, patient et subtil,
La sœur formidable du chêne !

Non ! l'aurore viendra, tu te réveilleras,
O France aux colères sublimes !
Et loin de cette fange infâme tu fuiras
Vers la pure blancheur des cimes.

N'est-ce pas ? Agitant comme un manteau tes crins
Où la senteur des forêts flotte,
Tu casseras les nœuds d'acier et les airains
Dont le noir passé te garrotte ;

Tu surgiras farouche, indignée et debout,
Et le hobereau lourd qui ronfle,
Le jésuite, mêlé de renard et de loup,
Qu'une bave de haine gonfle ;

Le cuistre, le bravo, le pédant, le valet,
    Le gazetier vil qui s'embusque
Au tournant d'un journal pour frapper d'un stylet
    La grande Muse qui l'offusque;

Matamores, pierrots, tartuffes, arlequins,
    Porte-mitres et porte-battes,
Le tas des ruffians et le tas des faquins
    Qui sur ta peau crispent leurs pattes,

Tous, tombant à tes pieds en grouillants tourbillons,
    Se tortilleront dans la boue,
Pareils aux poux cachés aux plis de ses haillons
    Qu'un gueux d'un poing rude secoue.

AUX HOMMES DU PASSÉ

Quand la France, debout et pâle, saigne encore,
Et, marchant dans la boue horrible et dans la nuit
Silencieusement en attendant l'aurore,
Aiguise sur le roc son glaive blanc qui luit;

Quand des tas de maisons par la bombe allumées,
Des palais effondrés et des murs éventrés,
On voit encor sortir par moment des fumées
Semblables aux brouillards qui flottent sur les prés;

Quand l'ignorance éteint sous les fronts la pensée,
Et de son aile noire, enténébrant les cieux,
Comme meurt sous les pieds la lampe renversée,
Étouffe le rayon que l'homme a dans les yeux;

Quand la haine, pareille à la ronce des haies,
Ecrase sous son poids la fleur fraternité
Dont le baume salubre assainissait les plaies
De la rude, sauvage et triste humanité;

Quand tremble le troupeau peureux des couardises
Sous le sceptre et le fouet des despotes vainqueurs,
Cependant que sur l'or courent les convoitises
A travers les sanglots et les rires moqueurs;

Quand l'énorme bêtise en souriant s'admire,
Et sous le ciel clément se soûle à plein museau
De viandes et de vin, de benjoin et de myrrhe,
Comme d'ordure un porc vautré dans le ruisseau;

Quand les peuples, sur qui marchent les rois farouches
Comme les éléphants sur les rameaux pourris,
Tournent vers nous leurs yeux, leurs âmes et leurs bouches,
Et se tordent les bras en jetant de grands cris;

Quoi! dans l'époque sombre et féconde où nous sommes,
Quand la terre s'émeut, sentant frémir son flanc,
Et qu'apportant la paix et la concorde aux hommes
Surgit dans la clarté l'Avenir au front blanc,

Quoi! vous recreuseriez le gouffre des désastres!
Quoi! vous rebâtiriez les anciennes prisons!
Mais ouvrez donc les yeux... Partout des levers d'astres
De poussières d'argent baignent les horizons.

Et vous nous menacez en secouant des chaînes!
Avez-vous oublié, vieillards audacieux,
Que les fils de la Gaule éternelle et des chênes
Ne craignent que la chute impossible des cieux?

LES HOMMES ANCIENS

Ils avaient à dompter les plantes et les bêtes.
A travers les forêts tordant leurs troncs noueux,
Ils rampaient alourdis par le faix monstrueux
Des vertiges, mordus par le fouet des tempêtes,

Brûlés par les étés, gelés par les hivers,
Pendant que les dragons aboyaient dans leurs antres
Et que, froissant la vase avec leurs larges ventres,
Les hydres dans les joncs roulaient leurs anneaux verts.

La montagne crachait des flammes et des laves;
Le marais, desséchant verdures et gazons,
Dans la chaude atmosphère épandait des poisons
Subtils comme les vents, puissants comme des baves.

Le nuage, empourpré de sanglantes rougeurs,
S'ouvrait, et de sa bouche énorme comme un gouffre
Vomissait sur les toits des cascades de soufre ;
Arrachant dans son vol les grands chênes songeurs,

La trombe tarissait les étangs et les fleuves;
Et le Mal multiforme, aux ongles de lion,
Errait et bondissait sur la création,
Où les rois orphelins guidaient les cités veuves.

Les déluges, hurlant sous le plafond des cieux
Comme un troupeau blessé de bêtes colossales,
Déroulaient pesamment leurs grandes nappes pâles,
Où s'abîmaient, meurtris, les races et les dieux ;

Et l'homme, épouvanté devant tant de désastres,
Se terrait dans le creux des cavernes, mêlé
Aux animaux, hideux, farouche, échevelé,
Et crispait ses deux poings vers la splendeur des astres.

LE MONDE NOUVEAU

C'EST l'ère du travail, de la paix, de la joie.
Le passé chancelant comme une ombre tournoie
Et plonge dans le gouffre où gît le Mal dompté;
La Haine meurt; les Dieux, nés des effrois antiques,
Agonisent, meurtris par tes poings despotiques,
O souveraine Vérité!

Dans les cœurs bout le sang, dans les bois bout la séve,
Avec le bruit profond de la mer sur la grève.
L'homme court dans la route où ses aïeux rampaient;
Comme un arbre qui gonfle et crève ses écorces,
Il déchire en l'essai violent de ses forces
Les dogmes qui l'enveloppaient.

Qu'importent les périls prédits et les désastres?
Dans l'espace immuable il visite les astres
Et mesure l'ampleur de leurs orbes ardents;
Bravant leur gueule horrible, il attaque en leur antre
Les dragons étalant les squammes de leur ventre,
Et d'un coup leur casse les dents.

Ayant brisé les jougs, les colliers et les chaînes,
Comme un voyageur las, sous le dôme des chênes
Il dort sous l'ombre auguste et sereine du Droit.
Plus de guerre... Le soc remplace enfin l'épée,
Et des grands égorgeurs l'auréole usurpée
S'éteint ainsi qu'un tison froid.

En vain la Nuit rugit encor : l'aube se lève
Que le Nazaréen, en son mystique rêve,
Au fond de l'avenir regardait blanchoyer ;
Le soleil, qui, glissant sur la luxuriance
Et les fruits savoureux de l'arbre de science,
Sacre la pierre du foyer.

Voici que nous touchons à la terre promise.
Au delà de la brume humide, triste et grise,
Ondule le trésor opulent de ses blés.
Homme, encore un effort ; reboucle ta ceinture,
Et demain tu verras dans la cité future
S'unir les peuples assemblés.

LA FIN DES DIEUX

A André Lefèvre

Les Dieux ne trônent plus sur les hauteurs sublimes
Où, debout dans leur force, ils se soûlaient sans fin
D'hommages, de sanglots, de viandes et de vin,
Et savouraient l'odeur lointaine des victimes.

Les sages, les chassant ainsi qu'un vil bétail
Vers le gouffre où la nuit sur la nuit s'amoncelle,
Ont terrassé le sphinx qui dans ses yeux recèle
Les secrets de la vie et de son lent travail.

Des temples désertés la coupole s'écroule ;
Loin des autels brisés gisent les marbres blancs
Qui regardaient, rêveurs, sur les degrés sanglants
Ruisseler avec l'or les larmes de la foule.

Et déjà, blanchissant le firmament vermeil
Et sur le noir Caucase enchantant Prométhée,
L'aube du temps futur, l'aube du monde athée,
De l'univers viril éclaire le réveil.

L'ARBRE DE SCIENCE

A E. Littré

Les hommes, se haussant vers l'Arbre de science,
Font sous leurs fortes mains ployer les verts rameaux
Et pleuvoir sur le sol où rugissaient les maux
Les doux fruits qu'a mûris leur longue patience.

Ils mangent comme Adam l'antique sapience;
La pomme savoureuse enivre leurs cerveaux
Et réchauffe leurs cœurs comme les vins nouveaux
Qui ruissellent des ceps en leur luxuriance.

Comme l'a dit la Bible, ils sont pareils aux dieux.
Sous le vaste plafond des éthers radieux,
Ils marchent dans leur force, asservis à la règle;

Et si l'ange d'Éden du fond du ciel béant
Descendait, d'un coup d'aile immense, comme un aigle,
Ils tordraient dans leurs poings son épée en riant.

LA VIE ÉTERNELLE

A Albert Collignon

La vie intarissable au travers de l'espace
Ruisselle avec le bruit monotone des eaux,
Et sous les yeux pensifs des siècles court et passe
Sans trêves, sans répits, sans haltes, sans repos,
La vie intarissable au travers de l'espace.

Les astres éperdus se cherchent dans la nuit.
O mêlée effrayante et féconde des forces !
Le globe vaincu cède au globe qui le suit,
Et pour unir leurs feux ils crèvent leurs écorces.
Les astres éperdus se cherchent dans la nuit.

Le chaos, s'agitant comme une mer immense,
Éclabousse l'azur de ses bouillonnements,
S'enfle, se tord, grandit, s'apaise et recommence,
Ivre de la douleur de ses enfantements.
Le chaos gronde au loin comme une mer immense.

O farouches amours des jeunes univers!
Épanouissement radieux des étoiles!
Lits des premières eaux par les volcans ouverts!
Feuillages ondulants comme de molles toiles!
O farouches amours des jeunes univers!

Les atomes soumis aux éternelles normes,
Nouant et dénouant leurs multiples hymens
Et variant sans fin les moules et les formes,
Ébauchent les aïeux sauvages des humains.
Les atomes soumis obéissent aux normes.

Avril s'éveille et court dans les soleils éteints,
Et dans son sourd travail, sans relâche et sans poses,
Parcourant sans faillir le cercle des destins,
Allume la splendeur adorable des roses.
Avril s'éveille et court dans les soleils éteints,

Et sur leur carapace humide et chaude il mêle
Dans les vastes forêts, dressant leurs larges troncs,
Aux troupeaux rugissants des fauves la gazelle
Timide, les bœufs roux et le cerf aux pieds prompts ;
Et sur leur carapace humide et chaude il mêle

Les hommes, les oiseaux, les bêtes et les fleurs,
Jusqu'au jour où, couverts rigidement de glace,
En attendant des sorts et des matins meilleurs,
Ils verront lentement disparaître les races
Des hommes, des oiseaux, des bêtes et des fleurs.

La Mort rugit en vain : on a levé son masque.
Qu'importent les fureurs du spectre dévoilé ?
Grimaçante ou joyeuse, impassible ou fantasque,
Nous voyons d'un front calme en l'abîme étoilé
La pâle Mort rugir sous le noir de son masque.

Un rut prodigieux agite le grand Tout,
Dont la matrice enfante et résorbe les choses.
Les mondes, nés de lui, sentent leur sang qui bout
Sous le pullulement laborieux des causes.
Un rut prodigieux agite le grand Tout.

Force mystérieuse et bienfaisante, ô Vie !
O toi qui rassemblas mes éléments glacés,
Je te verrai sans crainte, à tes lois asservie,
Abandonner mon corps et mes membres lassés,
Force mystérieuse et bienfaisante, ô Vie !

Quand l'heure sonnera, prends mon sang et ma chair,
Prends mes muscles, mes os, mes nerfs et mes vertèbres;
Prends ce qui me fut doux, prends ce qui me fut cher,
Et pour les engloutir dans tes grandes ténèbres,
Quand l'heure sonnera, prends mon sang et ma chair.

De mes atomes froids nourris tes créatures,
Colore avec mon sang la peau des fruits pâlis;
De ma chair, souriant aux aurores futures,
Fais la fleur des pêchers et la pulpe des lys.
De mes atomes froids nourris tes créatures.

Compose avec mes os le marbre dur et blanc
Où vivront de lumière et de beauté vêtues,
Sous la main caressante et le ciseau tremblant,
En leur sérénité divine les statues.
Compose avec mes os le marbre dur et blanc.

Fais frissonner mes nerfs dans les jeunes ramures,
Fais luire mes regards dans le miroir des eaux,
Fais blondir mes cheveux dans l'or des moissons mûres,
Fais bruire ma voix dans le chant des oiseaux,
Fais frissonner mes nerfs dans les jeunes ramures.

Je ne demande pas un autre paradis,
Et c'est assez pour moi de sentir mes atomes
Durant l'éternité, sous les cieux attiédis,
Courir dans les rayons, les sons et les aromes;
Je ne demande pas un autre paradis.

HYMNE

AMOUR immense! amour farouche!
Trépied flamboyant dont l'ardeur
Trouble des vierges la candeur!
Source où veut boire toute bouche!

Coupe que depuis six mille ans
Les générations se passent,
Sans que jamais les mains se lassent,
Sans que jamais les pieds soient lents!

Lumière dans les cieux volée !
Parfum des paradis perdus !
Tu charmes les sens éperdus
Et tu guéris l'âme affolée.

C'est toi l'endormeur ancien
Des peurs, des regrets et des fièvres ;
C'est toi qui chantais sur les lèvres
Joyeuses du monde païen.

Tu brillais pour les yeux mystiques
Sur le front des crucifix noirs ;
Avec l'odeur des encensoirs
Tu flottais dans les basiliques.

Et maintenant dans les cerveaux
Où fleurissent les poésies
Tu fais surgir, clartés choisies,
Un essaim de soleils nouveaux.

Amour farouche ! amour immense !
Roi des dieux et des nations !
Reçois mes adorations
Avec ton antique clémence.

Tu fais de nos fronts tes tapis,
Tu fais de nos cœurs ta pâture ;
Mais tu chasses la bande impure
Des ennuis dans nos yeux tapis.

TABLE

4453 — Paris, Imp. Jouaust, rue Saint-Honoré, 338.

Dans le même format :

THÉATRE

La Belle Paule, un acte en vers, par L. Denayrouze. 1 50
La Part du roi, un acte en vers, par C. Mendès. 2 »
Le Péché véniel, un acte en vers, par Alb. Millaud. 1 50
La Vraie Farce de Maitre Pathelin, trois actes . . 2 fr.
Le même tiré à 250 sur pap. vergé, avec les portraits . . 10 fr.
(*Dans le format in-16 elzévirien :*) La Farce de Maitre Pathelin, texte ancien et nouveau texte . . . . 8 fr.
La Critique *de la Visite de Noces*, par H. de Lapommeraye. Un acte en prose. . . . . 1 fr.
Le Mariage d'Alceste, un acte en vers, par Ch. Joliet. 1 fr.
La Conscience, un acte en vers, par Æmile Rochard . » 75
Le Rendez-vous, un acte en vers, par Édouard Darcey. 1 fr.

VERS

Poésies de G. Vinot : Poemes et Poésies . . . . 3 fr.
Dona Juana, poëme dramatique. . . . . 2 fr.
Les Neveux du Pape 3 50
Poésies d'Élie Cabrol : La Première Absence, 12 *eaux-fortes* 12 fr.
Comédies, 3 *eaux-fortes*. . . . . 6 fr.
Poésies de Cartairade : Du cœur aux lèvres. . . . . . 3 fr.
Fleurs sous l'herbe . . . . 3 fr.
Le Jour et la Nuit. . . . . 3 fr.
Mélodies intimes, par Lucien Paté. . . . . 2 fr.
Aspirations et Réalités, par Frédéric Maulmond . . 3 fr.
Premières Poésies, par Paul Milliet. 3 50
Les Petits Ours, par Æmile Rochard, 1 *eau-forte*. . . 3 50
Le Médaillon, par Léon Duvauchel . . . . 3 fr.
Les Illusions, par Em. Favin . . . . 3 fr.
Les Amours profondes, par A. Froger. 3 50
Légendes bouddhiques, par E. Thiaudière . . . . . 1 fr.
Idéal et Nature, par Guy de Beauport. 3 50
Feuilles mortes, par Albert Miral. . . . . 2 fr.
Rhapsodies mirifiques. . . . . 3 fr.
L'Ombre de la Mort, par Mme Rattazzi 3 50
Roses noires, par Désyr Ravon . . . . 3 fr.
Rayons jaunes, par O'Saül. 2 50

Les Baisers de *Jean Second*, trad. par V. Develay . . 3 fr.
Les Élégies de *Jean Second*, trad. par V. Develay . . 5 fr.

Fables de La Fontaine annotées par Buffon, ouvrage adopté pour les bibliothèques scolaires. 500 pages . . . . . 3 fr

4453 -- Paris, imp. Jouaust, rue Saint-Honoré, 338

www.ingramcontent.com/pod-product-compliance
Ingram Content Group UK Ltd.
Pitfield, Milton Keynes, MK11 3LW, UK
UKHW021038230726
13926UKWH00004B/1546

9 782019 150655